秋
月

새벽시 동인 제10집　　秋月

시 秋 月

새벽시 10집 秋月을 엮으며

간밤에 잠을 설친 탓인지 머리가 무겁다.

창밖이 환하게 밝아오는 걸 알면서도 그냥 누워 있었다.

모든 것이 귀찮은 거다.

오늘을 어떻게 보낼까?

어떻게 하루를 살아낼까 그냥 던져버릴까를 심각(?)하게 고민하다보니 피식 웃음이 삐져나온다.

가족이라는 이름으로 한 울타리 안에서 함께 생활하는 이들이 제각기 빠져나간 집 안은 흡사 뱀이 껍질을 벗어낸 듯 스산하다.

커피 한 잔을 들고 거실 창 밖을 향해 앉았다.

어김없이 완벽한 연출을 끝낸 시월의 화려한 모습이 시야에 들어온다.

절정을 이룬 가을산 위로 광활하게 펼쳐진 옥취빛 하늘이 깊이 잠든 혼을 흔들어 깨운다. 이렇게 나는 다시 길을 나서는 것이다. 그 곳으로, 그 곳을 향하여…….

변명을 좀 하고 싶다.

개인적으로 몇 번 힘든 고비를 넘겼다.

믿었던 도끼에 발등을 찍히고 배신감에 수많은 밤잠을 이루지 못했다. 작년 여름엔

친정어머니를 여의고 설상가상으로 지난 6
월초 남편이 위암수술을 받았다.
  그렇게 고된 홍역을 치루고 다시 돌아
왔다.
  경황이 없어 동인회 일도 소홀했으며 결
속도 다지질 못했다.
  약화된 결집력을 보면서 많은 생각을 해
본다.
  내 부족한 일면이 적나라하게 드러나는
부분이기도 하다.
  다시 추스려 옛모습을 복원하고자 한다.
  유능한 새 집행부(?)가 들어서 침체된 동
인회에 활력을 불어넣었으면 하는 바램이다.
  모든 것이 풍요로운 상달이다. 이 넉넉
하고 아름다운 밤을 밝히는 추월처럼 새벽
시가 동인들의 확고한 결집으로 새롭게 우
뚝 설 수 있기를 소망한다.
  이 책이 나올 수 있도록 배려해주신 의
정부시 문화공보과 김동환 님과 출판사 권
혁상 대표께 감사드립니다.

2004년 12월에
새벽시동인 회장 임영희

차례

새벽시 10집 秋月

새벽녘,
웃음진 얼굴,
맑은 눈동자
그 속에 박힌 보석
　　－〈참이슬〉 중에서

이러한 모습이 우리 시인들의 모습이었으면 합니다.

남 영 태

월간 문학세계 시 부문으로 등단
현재 경민고등학교 국어교사

H.P : 011-9712-0358

나 목

나는 벗을 줄 몰랐습니다.
복숭아나무로 자라
복숭아를 맺었을 때도,
포도나무로 자라
포도 열매를 맺었을 때도
발가벗게 될 줄 몰랐습니다.

탐스런 열매 맺어
식탁 위 옥쟁반에
소복이 담겨져
찾아오는 길손의 입에 옮겨지면
그저 기쁨이 되는 줄만 알았습니다.

과수원 뒤편에서는
밤이면 밤마다
예리한 칼날로
달을 후벼파는 바람

그 사이에 잎은 마르고

시들어 가고……
언젠가 이 몸도
앙상한 고목으로 돌아가겠죠.

밤마다
바싹 바싹 말라가는
잎사귀의 애달픈 울음소리
들어보셨나요.

복숭아도 포도나무도
이제는 벌거벗은 몸으로
사는 것이 더 편할 듯합니다.

* 재산문제로 허물어지는 가족 관계를 보며

약속의 땅에 핀 함박꽃

잊지 않는다 하여도
잊기만 잘하는 우리네 약속

또 만나자는 말 많아도
만나볼 날이 언제일까

민들레 홀씨처럼
날아가 버리면 찾기 어려운 것이
사람 사이에 흔한 일이라
졸업 후 만나자는 너희들 말도
귀담아 듣지 아녔더니

함박꽃으로 활짝 피어
교정에 늘어선 아이들아,
엊그제 철없이 뛰던 너희들이
교실을 떠난 지
한 두 계절밖에 흐르지 않았는데
이렇게 푸르른 모습으로
내 앞에 섰구나

예전의 교실이 아니어도 좋다
너희들이 늘어선
이 복도,
너희들이 늘어선
이 운동장,
약속이 선 이 땅 어디든
정겨운 교실이 아니더냐

이리 다가오라
으스러지도록 손 잡아보자
꽃다발 아니어도
너희들 모습이
바로 꽃이란다.
약속의 땅에 핀 함박꽃

멋진 친구 1

— 달

나는 당신의 그 무엇일까
밤하늘 위에 떠서
물끄러미 당신을 바라봅니다

따사로운 햇살도 되어 주지 못하고
시원한 바람도 되어 주지 못하는
그저 멀찍이서……

엄마가 아빠를 좋아한다면
아빠의 반쪽이 되어야 하고
제자가 스승을 좋아한다면
스승의 반쪽이 되어야 하는데

가진 거라곤
철따라 오그라들었다 펼쳐지는
못난 얼굴 뿐

멋진 친구 2

— 지구

말 없어도 지켜보고 있기에
좋은 것이 있습니다

예쁜 포장지에 싼 보석 상자,
화려한 꽃다발은
내게 안길 때
가슴 뛰는 설렘으로 다가오지만
이별이 찾아오면
다시 돌려줄 수 있기에
쉽게 잊혀지지요

환한 미소로 당신이 날 찾아오면
긴 밤이련만
창 밖으로 그림자는 내쫓기고
마음 깊숙이 간직되는
사랑의 묘약

당신이 싫어질 때
돌려주려고 해도

똑같은 건 어느 백화점에도
팔지 않아요

그 걸 살 때까지는
언제나 빚진 자로 남을 수밖에
별 도리가 없네요

당신을 바라보는 난
새까만 밤마다
노랗게 노랗게 변해
황금빛 찬란한 별이 되어 간답니다.

허공 5

수십 년 공들여
이룩한 빛나는 업적

역사의 한 페이지 장식한다 하여
신문, 방송 들썩이게 하던
화려한 그 업적은
바로 '우량 젖소'

천하장사도 부러워할 만한
우람한 몸매에
철철 넘치는 우유,
낙농가에 새 바람 분다 하여
웃음 만연하던 사람들

대한 사람 건강으로
길이 보전할 우우가 넘쳐나서
고운 젖빛 살결 빚어 놓으니
유전(油田) 발견한 듯 환호 대단했건만,

차고 넘침이
화근이던가

과다한 양은
판매 경로를 잃고
다시 농부의 가슴에
비수로 날아와 꽂히더니
마침내
우량 젖소 몸매 자랑은
정육점에서 육질로
남게 되었네

민 경 숙

나이를 먹을수록 자꾸 가리고 숨기는 게 많아지는 나를 보며 왠지 두꺼운 화장을 한 것처럼 어색하고 무겁게 느껴졌다. 반성도 안하고 부끄러움도 없어지는 것이 나이를 먹는다는 것은 아닐 것이다.

누군가에게 있는 그대로의 나를 내보이는 일이 마음을 비우는 일이고 나를 성장시키는 일이라고 생각한다.

1963년 서울 출생
성균관대 졸
현 의정부시 정보도서관 주부독서회 '책향' 회장
　의정부학생상담 자원봉사자
　의정부자원봉사센타 소식지 취재 자원봉사자

H.P : 019-449-8996

고 백

고백을 하면
꽃이 피네
메마른 가지에
물이 오르고
향기로운 꽃이 피네

고백을 하면
빛이 나네
어두웠던 마음
불밝혀
환하게 밝아오네

고백을 하면
어른이 되네
마음의 굴레
벗어버리고
쑤욱 크네

첫 눈

첫눈이 오면
사람들이 보고 싶다
오랫동안
소식 못 전한 친구가 보고 싶고
옛사랑도 생각난다

첫눈이 오면
용서받고 싶다
나도 모르게 던졌을 상처의 말들
사악한 생각들
너그러이 용서받고 싶다

첫눈이 오면
다시 시작하고 싶다
뒤죽박죽 내 꿈과 상관없이
살아온 세월
다 뒤집어
다시 한번 살고 싶다

길

삶의 고갯마루
이젠 끝이다……
먹먹한 가슴으로
접어든 산길
울창한 거목들
그림자 드리우고

덤불들 사이
하얀 속살
빼꼼히 내민 오솔길
잘랑잘랑 은방울꽃
나도 꽃이다……
수줍은 듯 피어있네

고갯마루 오르니
땀방울 송송송
들꽃처럼
살아간들 어떠랴……
비워낸 마음에
길 하나 생기네

눈 내리는 날

까르르 웃음 많던 시절
얼어붙은 눈길 조심스레 밟으며
도란도란 걷던 삼청동 길

공원 의자에 놓인 신문지 보며
신문에 싸인 쥐포가 먹고 싶다고
떼쓰던 나
철없는 날 보며
웃음 짓던 당신

고단한 삶 견뎌온 주름
강줄기처럼 늘어 가고
코고는 소리로
세상에 맞서 보지만
이제는
떼를 쓰지도 받아주지도 않는
때 묻은 나이

그래도 마음만은 꼭 그날입니다

눈 내리는 날이면
당신과 함께
추억 속을 걷고 싶습니다
세상을 몰랐던 시절
잃어버린 순수를 그리며

비

그리움에
부르르 속울음 울다
문득 터져나오는 눈물
우렁우렁 비되어 내리고
나는
사랑에 갇혀
오도가도 못하네

서 범 석

맑은 물에 떨어진 너 그리운 님의 얼굴이던가
강렬한 분홍색이 이제 똑낭자 되어
작은 종이배를 타고 긴 여정을 시작한다

경기 양주 출생

H.P : 011-9008-7000

12月의 진달래

남들 보기가 부끄러워
인적이 드문 큰 바위 밑에서
너 혼자 아침 햇살을 받는구나

돌이끼 촉촉한 바위틈에서
키 작은 너 언제부터인가
비바람 견뎌오며
여린 잔가지 홀로이 우뚝 세워
12月의 봄을 노래하는 구나

이 겨울이 가야 봄이 오는데
너는 어이 철을 모르는가
아니로다 바라보는 내가
시절을 잘못 보았구나

아버지의 고뇌

소년은 자라서 청년이 되고
그 청년이 이제 아버지가 되었습니다
아버지의 길은 쉽지 않았습니다

걱정의 나날들은 연일 계속되고
무거운 짐들은 덜어질 줄 모릅니다
아이들에게 이해를 강요할 수도 없습니다

다만 묵묵히 걸어가라고 말할 뿐입니다

눈이 내려도 기뻐하지 못하며
꽃이 피어도 환하게 웃을 수가 없습니다
천둥번개 찬 바람에 보금자리 걱정하며
다된 농사일에 끝까지 마음 놓지 못합니다

투 명

나는 서 있고
물은 흐르고
새는 난다

태양은 빛나고
구름은 걷히고
봄날은 간다

落花流水

산 어귀 흐드러지게 핀 복사꽃 살구 꽃
봄날이 지는 것을 못내 아쉬워하며
실바람에 꽃잎을 하염없이 날리던 곳

맑은 물에 떨어진 너 그리운 님의 얼굴이던가
강렬한 분홍색이 이제 雪낭자 되어
작은 종이배를 타고 긴 여정을 시작한다

저 꽃 배(花船)가 닿는 곳에 희망이 있고
물 맴돌이에서 수없이 좌절하고
다시 부는 훈풍에 개여울을 힘차게 박찬다

봄날이 가는 곳을 또 다른 미래의 시작이다

분 노

시커먼 폭우가 밤새 분노하더니
교만한 미운 것 모두 쓸어버리고
사악한 무리들 전부 타파했는데
가엾은 민초는 두 번 흙에 묻혔다

거대한 태풍이 회전 톱을 돌리니
밤새워 지붕은 쿵쾅쿵쾅 들리고
속 썩은 큰 나무 신작로에 벌러덩
바위 틈 노송만 독야청청 푸르다

신 동 명

어머니는 참으로 불
편한 관계의 사람이다.

아무리 사랑한다는
표현을 해도
제대로 전달되지 않
는 불편한
장애물이
언제나 항상 있다.

그러나
분명한 건

사랑하고 있다는 것
전달하고 싶다는 것

사단법인 한국청소년문화진흥협회 이사장
전국고등학생 토론논술대회장
전국 초·중학생 독서독후감대회장
신동면토론논술연구소/교육원장
한청협 구술면접 논술평가단장
저서 토론군 논술양(중·고 논술교재)
　　　불가능을 가능케 하는 힘(방학특강 4주 완성용)
　　　엄마! 글쓰기가 싫어요. 12단계(초등학생용)
　　　엄마! 쓰기가 싫어요(논술지도서)
　　　10배나 빠른 창의력 갈래 글쓰기 시리즈 1~4권
　　　부대찌개(시집)

H.P : 019-317-4534

어머니 IV

I.

쩔그렁.

쇠문이 열리고

첫 면회는 역시 어머니셨습니다.

울지 않으리라!

뚜렷한 대답을 가지고 걸어온 길.

어머니를 보더라도 눈물은 보이지 않으리라.

II.

거기엔

막스의 자본론도

레닌의 조직론도 없었습니다.

이성이 제어할 수 있는 그 무엇도 없었습니다.

오직

흐르는 두 줄기 눈물뿐.

III.

저리도 아리따운 분에게

어찌 나 같은 놈이 태어났을까요?

Ⅳ.

쩔그렁.

쇠문이 닫히고,

방으로 걸어가는 길에

나는 어떻게 살아왔느냐고 물어봅니다.

내가 걸어온 길이 맞는거냐고 물어봅니다.

후회되지 않느냐고 묻고 또 물어봅니다.

Ⅴ.

꺼지지 않는 형광등.

침침한 안개 같은 불빛.

법(法)자 담요를 덮고 누우니

밖에 내리는

발 굵은 눈이 서럽기만 합니다.

Ⅵ.

하마터면

하마터면 넘어질 뻔 했습니다.

빙판이 생긴 줄도 모르고

반가워하는 곰순이,
꼬리치는 곰순이 끌어안으려다 그만….

빈집, 혼자 쩔뚝이는 시계.
바람에 나몰라라 흔들리는 빨래들.

마실갔다 돌아오시는 어머니.
언제나 환하게 웃으시는군요.

허위와 맞서 싸워온
뜨거운 맨발의 발자욱.
우리 아들이 걸어온 길이라며
얼싸 안으시는군요, 어머니!

자유의 꼭대기
그 곳을 바라보는 넉넉한 웃음, 웃음, 웃음.

   VII.
기상 나팔 소리.

아무 일 없느냐는 듯
눈인사를 하는 소지들.

밥을 꼭꼭 씹어 먹고
풋샵, 윗몸일으키기,
그리고 여기저기 찢어진 신문 보기.

어머니!

오늘은 이 아들이 잠시 마실 나왔거든요.
조금만 기다리세요.
소나기가 오기 전에 돌아가
축 늘어진 빨래줄 위에 널려 있는
빨래를 거둬들일게요. 어머니!

방(房)

Ⅰ.
우리 아기 방에는
밝은 별이 떠 있습니다.
불이 꺼지면
더욱 빛을 내는
별이 떠 있습니다.

앞으로 세상을 살아가다 보면
자신의 힘으로도 어쩔 수 없는
시련과 난관의 심해(深海)에 빠질 때,

어둠일수록
그 빛을 발하는
밝은 별을 기억하라고,
자연스럽게 마음속에 간직하라고

우리가 붙여 놓은 별입니다.

Ⅱ.
우리 아기의 방에는
무수히 많은 별이 떠 있습니다.

밝을 땐
그 빛의 양이 얼마나 되는지
밖으로 드러나진 않지만
모두가 불끄고 잠들 때,
세상이 어둠에 잠겨 있을 때,
비로소 빛을 내뿜는 별이 떠 있습니다.

그래서
그 별의 이름을 理想이라고 부릅니다.
그래서
그 별의 이름을 努力이라고 부릅니다.
그래서
그 별의 이름을 希望이라고 부릅니다.

별만큼 많은 이상을 꿈꾸라고,

그것을 이루기 위해 노력하고,
힘들더라도, 아니 힘들 때가 오더라도
희망을 잃지 말고
가던 길 굳건히 걸어가라고,

엄마, 아빠가 붙여놓은
우리 아가의 미래입니다.

돌 담

Ⅰ.

얼마나 많은 정성을 들였기에
저렇게 올망졸망한 돌담을 쌓을 수 있었을까?

얼마나 섬세한 보살핌이 있었기에
저토록 튼실한 돌담을 쌓을 수 있었을까?

얼마나 가슴 졸이는 사랑이 있었기에
언제나 보고 싶어 그리운 돌담을 쌓을 수
있었을까?

Ⅱ.

비 내리고 바람 분 뒤
무너져 내린 돌담 다시 쌓듯

자식 일도
다 그렇게 무너지고
또 다시 쌓는 것인데
돌아가신 우리 장인

살아생전에
뒤껼 돌담 쌓듯
작은 돌 하나 하나
쌓고 또 얼마나 쌓으셨을꼬……

　　Ⅲ.
돌담에 어느새 어둠이 내리고

소리 잘 하던 우리 아버지,
상모 잘 돌리던 우리 아버지,
동네 일꾼 우리 아버지,
이야기꾼 우리 아버지, 아버지, 아버지……
이제는 기러기 떼 – 백학 학곡리

밤새 두런대던 그리운 이름,
벌써 돌담 타고 새벽빛이 스미네.

신 성 수

　　오늘도 발자국 하나 남기지 못하고 지우기만
하고 있습니다. 아무래도 다음 수업시간에는 세
수를 한 번 하고 교실에 가야겠습니다. 교실 문
이 열려 있었으면 좋겠습니다.

1960년 경북 의성 출생
의정부시 경민고 교사. 의정부문인협회, 새벽시, 창작촌 회원
동인 시집 등에 작품 다수 발표

H.P : 018-288-0388

시애틀예술단 공연을 보고

공연이 끝날 때까지 나는 앉아 있을 수가 없었다.

유별난 내 성격 탓도 있었겠지만 공연단원 소개가 끝나고부터는 정말 서 있기도 부끄러웠다.

그 소녀들의 대부분은 입양아였다고 한다.

현란한 춤 동작 위에 가려진 눈물과 분노를 보았다.

무서웠다.

부모로부터 , 또 조국으로부터 버림받고 낯선 이국에서 얼마나 힘들었으랴.

자녀를 기르는 부모로서 더욱 고개를 들 수가 없었다.

공연 도중 몇 번이나 울음을 삼켰는지 모른다.

공연이 절정에 다다르는 것과는 달리 무관심하게 외면하고 잠든 아이들을 보며 정말 가

숨이 저며왔다.
  교만, 나는 선생으로서 겨우 교만이나 가르
친 것 같아 나중에는 눈을 감아 버렸다.

  피날레에서 입양아들의 어머니 사물놀이 연
주가 있었다.
  평화,
  그 얼굴들에서 나는 그것을 보았다.

  포용,
  그 어머니들의 미소 속에서
  나는 그것을 느꼈고

  집에 돌아와서 혼자 울었다.

  주여,
  거기 계시나이까

  다음날 새벽 미사에서

나는 용서를 빌었다.

주여

억눌린 자 고아들은 권리를 찾게 하시고 다
시는 이 땅에 겁주는 자가 없게 하소서.
(시편 10:18)

비가 참 지루하게도 내리는 아침이었다.

9월 그 가을 어느 날에

1.
잠시 낮잠에서 깨어 창을 두드리는 바람 소리를 듣는다.
가을인가
사람들 빈 발자국 몇 세다가
알 수 없는 웃음만 남기고 가는가
오늘 신문에도 뉴스는 없었다.
활자들의 비릿한 이른 세수만
늘 가득한 새벽 인사
방바닥에 습기가 제격이다.
신문은 늘 스크랩되지 못하고
습기 제거용으로 써 버리고 만다.
신문을 베고 누워 잠든 나는
늘 꿈자리가 뒤숭숭할 수밖에 없다.
아무래도 올 가을도 변명만 남을 것 같다.
늘 세상에게 죄 지으며 살고 있는 것 같은데

윤동주는 그렇게 노래했는가
하늘 우러러 한 점 부끄럼 없기를

이렇게 가을이 오는데
그게 누구 잘못이 아니라 내 탓인 것을
낙엽은 죽어서 세상 부끄런 자리들
죄다 가린다고 했다.

　2.
무릎을 꿇어야 했다.
성모마리아여,
정말 제 탓임을 고백할 수 있도록
저를 끌어다 황량한 들판에 던져 주소서
거기서 울다 울다 깨어 내려와
싯푸른 하늘 이 가을 가기 전에
한 번은 한없이 우러르도록
참말 나 먼저 엎드리게 하소서
가을이어, 엄숙함이어
죄로 고백하는
알렐루야 아멘이여

故 김선일 씨 영전에

결국 나는 시 한 줄 못 쓰고 말았다.
아니 정확하게 표현하자면 쓸 수가 없었다.

'살고 싶다고, 살아서 부모 곁에 돌아가고
싶다고……'

그 때부터 나는 내가 아니었다.
이 땅에 사는 우리 모두는 그에게 무릎을
꿇어야 올바른 것이었다.

어제 미사 시간에 신부님께서는
그렇게 말씀하셨다.
이라크 팔루자에서 그가 목이 잘리는 참극
을 당하던
그 순간
예수님께서도 거기서 함께 목이 잘리셨다고.

부끄럽다.
아무 것도 정말 아무 것도
그와 그 유족들에게 하지 못하는 나는

시 한 줄은커녕 얼굴을 들 수도 없었다.

고이 잠드시라.
어찌 눈을 감을 수 있으랴
살아서, 더 많은 날
늘 드리던 기도 주제대로
주님 나라 확장에 소용되는
삶을 살아야 했으나,

님의 죽음은
평화와 용서, 일치를 말씀하신
주님의 사랑을 실천하신 것이어라.

받들고 가리라.
우러러 님의 영전 용기 내어
바라보리라.

쉬시라, 잠드시라.
빛으로 남은 넋이어.
사랑이어.

산, 침묵하는데

사람들 산에 오른다.

산이 되려고.
닮으려고 오른다.

발자국 하나 조심스러운데
메아리 무섭다.

그림자 숨기고
산에 오른다.

산이 내미는 손
부끄러운 인사
고개 숙이라고
가르친다.

산 침묵하는데
침묵하는데

3월, 그 마지막 금요일에

　세상 뉴스가 아무리 암울하여도 그래도 봄
이라고 서둘러 목련은 봄단장을 마쳤습니다.
한참을 바라보다 울컥 목이 메었습니다. 창문
을 닫고 커튼을 가렸습니다. 사실 목련 바라
보기가 부끄러워 그런 것인데 괜히 햇살을 핑
계로 그랬습니다. 학교 안에 핀 목련은 색깔
그대로 곱습니다. 그러나 거리에 핀 목련은
세상 빛깔을 닮았습니다. 아닙니다. 내가 잘
못 본 것입니다. 목련은 목련 그대로인데 그
렇게 내가 야위었습니다. 나는 교사입니다.
아이들에게 오늘도 맑은 낯빛을 전해 주어야
하는 부족한 교사입니다. 참말 그러나 수업을
마치고 돌아설 때는 목덜미가 화끈거립니다.
알 수 없는 이유 속에 내가 살고 있습니다.
목련도 이야기해 주어야 하고, 봄날 아련한
추억도 나누어야 하는데 공부를 앞세웁니다.
자연 앞에서 아무 것도 내세울 것 없는데 자
연에 순응하라는 가르침을 전하지 못하고 있
습니다. 내가 그렇게 작아졌습니다. 내가 움

츠려 드는 반대로 목련은 작년보다 키가 훌쩍
더 자랐습니다. 키가 웃자란 목련이 나를 들
여다봅니다. 무섭습니다. 그런 봄입니다. 목
련은 그림자 길게 드리우고 나를 쉬라고 합니
다. 그러나 나는 늘 거기 비켜 서? 笭읍求?
얼굴이 어두운 이유가 거기 있었습니다. 오늘
도 발자국 하나 남기지 못하고 지우기만 하고
있습니다. 아무래도 다음 수업시간에는 세수
를 한 번 하고 교실에 가야겠습니다. 교실 문
이 열려 있었으면 좋겠습니다.

따스한 햇살 되어
피어오르는

가슴 적시는 향기!

비 내린 세상에

눈물이 모여들어

사랑을 연주한다.

이 광 재

58년 경북김천출생
2004년 공무원 문학으로 시인 등단
동화구연가
아동문학연구회 · 모닥불 회원
서정시 마을 · 새벽시 동인

H.P : 011-746-7188

숲

햇살 되어 피어오르는 자연의 향기
빈 공간 채우듯 푸름이 짙어간다

태산 속에 잠재된 신비스러움
태고의 음성 산새들 지저귐

쉬지 않고 흘러왔던 샘물처럼
말없이 그 자리 지키는
변함없는 숲이여
내어놓지 못하는 아픔으로
마음깊이 푸른 멍들더라도

그 자리 변하지 않는 천년의 역사 되어
가슴에 빛 되고 영혼의 혼불 되어
영원히 지키고 영원히 밝혀주렴.

송정 둑길

전동차 밖의 풍경을 바라보니
저녁노을 속에 붉게 물들어 가는
세상의 삶이 잔잔한 감동을 수놓고 있다

산을 넘어 온 서늘한 바람은
둑길 붉게 타는 가을의 친구 되어
담아 온 이야기보따리 풀고 있다

도시의 오염된 냇가에도 오리가 살고
연인들에겐 시멘트 오솔길도
숲길인 냥 행복하다

세상사 기쁘고 슬프고 아름다운 것이
마음먹기에 달린 것
삶의 희로애락이 노을과 함께 지고 있다

아내에게 바치는 노래

내 젊음의 어느 날
장미 꽃 보다
더 붉은빛의 향으로 내게 온 당신

길고 긴 여로의 삶 속에서
축 늘어진 어깨가 짠하여
마음 아플 때 많지만
그대는 내 인생의 꺼지지 않은 등불

함께 살아온 나날보다
이제 살아갈 날 더 많겠지만
허둥대는 세월일지라도
그대 참아주시구려

폭죽과 샴페인이 없더라도
그대 처음 내게 올 때보다
더욱 짙은 향기로 피어올라
나의 사랑 노래 들어주시오

그대 목소리에
아직도 가슴 설레는 나는
누구보다 행복한 사람이라오
오늘은 당신이 태어난 날 축하하오

달맞이

붉은 노을 피어나면
아이들의 목소리도
빨갛게 탄다

개천에 폭죽소리
풀벌레 몸 사리고
시원한 바람은 걸어다닌다.

하얀 보름달 세상구경 나올 때
동네마다 꽃핀 애기
하늘에 퍼진다

아이들의 손에 들린 작은 노을
공중에서 춤추고
달무리 사랑이 깊어 가는 밤
스산한 바람에
별들도 옷을 갈아입는다

코스모스

장미같이 화려하진 않을지라도
진한향기 내뿜지 못 하여도
바람은 날 좋아한다오

해바라기 같이 크지 않을지라도
햇빛만 쫓아다니지 않아도
해님은 날 사랑한다오

하늘을 이고 선 청초한 모습
욕심 다 비워 가냘프지만
어느 쪽에도 치우치지 않는
나를 좋아한다오
나를 사랑한다오

또 다른 이별

하얗게 흰눈이 내린 길 위엔
강아지 제 세상 만난 듯 신이 났다

밤새 키를 높이다 늦잠 든 수정고드름
바람의 간지럼에도 깨어나지 않고
나뭇가지에 마른 잎 한 장
지난밤이 힘들었다고 눈물 흘린다
먼 날 돌아 하얗게 핀 꽃으로
잠시 왔다 이슬로 사라지는
허무한 생명의 몸부림이
세상의 끈을 놓는다

울지 마라
돌아서기 싫어 떨고 있는 사랑 하나
흰눈 내린 세상엔 눈물이 모여들어 슬프다

고등학교 때는 시인이 되고 싶었다.

이십대 때 단명하는 기억속의 시인으로 남고자 했다.

대학을 다닐 때는 소설가가 되고 싶었다.

하고 싶은 이야기가 짧은 詩로는 양이 차지 않았다.

출판사에서 밥그릇을 챙길 때는 드라마작가가 되고 싶었다.

가난뱅이 작가는 결혼을 할 수 없다는 명제(命題)가 두려웠다.

지금은 죽을 때 뒤돌아서 빙긋이 웃을 수 있는 한권의 시집을 남기고 싶다.

이 징 우

1970년 전남 구례 출생
서울시립대 건축도시조경학부(건축전공) 졸업
현재 의정부시청 주택과 근무
저서 『지상의 따뜻한 집』 공저

H.P : 011-211-9812

미아(迷兒)

강남역 6번 출구 으-음 뉴욕제과
양팔과 양다리를 쭈욱 펴라
드러누워라
왼손 엄지만 얼굴을 내밀어라
조리퐁이 터져 튕겨져 나오듯
출구 6번은 금요일 밤 8시를 잡는다
COMPANY NEWYORK
011-016-018-019-010
핸드폰 주파수마냥
충돌 없이 개미떼가 오고간다
찬공기를 데우는 담뱃불
원통형 휴지통은 상처투성이
줄선 씨커먼 모범택시

친구가 못 찾으면 어쩌지
진동으로 바꾸자
방금 탈선한 방귀는
나밖에 모른다

고아의 自由

원래부터
처음부터
북적거리지 않는다.
빼앗아 가지도 않는다.
물론 줄 수도 줄 것도 없다.
남아도 흘릴 수 없는 것이
고아(孤兒)의 눈물이다.
그마저도 용서받지 못한 벌칙조항이다.

그래서
내 자유는 팔고 싶지 않다.

웃지 않는 肖像畵

증명사진은 웃을 수 있다.
아니 웃어야 인상이 좋아 보인다.
상갓집의 초상화는 왜 웃지 않을까?
남겨진 자들을 빨리 잊어야 하나.
아니 웃어야 안녕의 인사가 가벼워진다.

미울 때도 보고 싶을 때도 그리울 때도
아무리 불러도 껴안아도 비벼대도
직사각형 속의 엄마는
꺼낼 수 없는 우물 안의 내 그림자처럼
다가서면 허우적대면
여지껏 여태 그대로다.
한 번쯤 나올 법도 하건만 매몰차다.

내가 훌러덩 빠지는 쪽이 빠르겠다.

화엄사와 경로 優待

루주를 그리고 매뉴큐어를 굳이 바르지 않아도
그리고 아름드리 후덕한
화엄사 접어드는 길목은
덤이 더 많은 구례시장 아낙네의 손을 닮았다.
그 길을 따라 흐르는 계곡은
영락없이 화통한 시골다방 마담의 맘이다.

매표소의 걸쭉한 직원은
왼쪽 창문이 열리기도 무섭게
경로 하나 아줌마 둘 아저씨 하나
땡볕에 그을린 차는 순간 얼었다.
어엄 참말로 경로로 보이슈?
차가 뻥튀기마냥 웃음이 솟아쏟아졌다.
올부터 경로수당을 받는 아버님이
지불해야 할 대가는 참으로 혹독하신가 보다.
말씀이 없으시다.

허술해도 꿰맨 흔적이 보이지 않는
화엄사의 외투(外套)에서
아버님의 얼굴빛이 묻어난다.

幸福 여행

　　신랑 박종윤군과 신부 홍현옥양은 이제 아름다운 생애의 반려자로서 둘만의 여행을 시작하셨습니다. 간이역에서 서로에게 필요한 마음의 양식들을 채우고자 노력하고 종착역까지 간혹 남들이 부러워하는 추억들을 차창 너머로 그릴 수 있습니다. 단 한가지 주의하실 것은 지금 잡은 손은 실수로라도 놓치시면 안 됩니다.

　　여행에서 짜증나는 일도 있습니다. 그럴 때는 내 잘못이라고 먼저 말하세요. 그러면 상대방은 내가 미처 생각을 못했다고 답하세요. 행복이라는 성(城)은 서로 맞물러야 튼튼하고 오래갑니다.

　　결혼은 남과 여가 만나 자식을 낳아 기쁨을 얻기도 하지만 속상할 때도 있습니다. 부모님께서 주신 사랑은 자식에게 넘겨준다고 감싸 안아 주세요. 내 사랑이 손자에게 부족한 사랑으로 전해질 수도 있습니다.

　여행을 마칠 때쯤에는 칭찬을 아끼지 마세요. 지치고 몸이 약해져서 따뜻한 말 한마디가 서로에게 큰 용기를 줍니다. 이따금 아플 때나 늙어 병석에 누워 있을 때 여비를 아끼지 말고 모두 서로에게 힘이 되는곳에 쓰세요. 건강한 노인은 자식에게도 사랑을 받습니다.

1은 2를 사랑했다

이것이 마지막이구나. 1의 옥탑방을 다녀간 얼마 후 알았다. 2는 전화로 결혼날짜를 알려왔다. 1은 2의 참석해달라는 강요가 최루탄 가스가 멀어질 때까지 숨을 몰아쉬는 선택과도 같았다. 1은 2를 잊어야 했다.

이것이 정말 마지막이구나. 형식적인 저녁을 해결하고 가까운 커피숍에서 1과 2는 창밖의 횡단보도 행인수를 신호주기마다 조사하듯 각자의 주어진 찻잔을 들어올렸다가 힘들게 내려났다. 1은 2를 서서히 보내고 있었다.

아 이것이 마지막이겠구나. 2의 결혼 후 1년 남짓 계절이 오고가면서 얼굴이 가물거릴 때쯤 2의 전화는 한지에 먹물이 번지듯 1의 머릿속을 흐리고 있었다. 멋진 저녁을 그럴듯한 곳에서 느긋하게 꾸미고 1은 기억을 잠재우려는듯 가벼운 병맥주를 들이켰다. 그러나 2는 향긋한 전통차로 태교(胎敎)까지 곁들였다. 회기역에서의 길지 않은 악수는 길고 정하지 않는 만남으로 이어졌다.

임 영 희

한동안 시를 쓰지 않았었다.
도무지 시다운 시가 써지질 않아
시쓰는 일을 접어야겠다고 생각했었다.
그랬는데 어느새
나는 좋은시를
한 번 써보고 싶다는
욕망을 키우고 있다.

임영희 시인은 충남 연기 출생으로
한국 문인 협회 회원, 새벽시 동인 회장으로 활동 중이며 제5회 문
예사조 문학상을 수상했다.
저서로는 〈맑게 씻은 별 하나〉〈날마다 너를 보낸다 〉와 〈문과 문
사이〉, 〈아름다운 붕괴〉, 〈지상의 따뜻한 집〉〈밤에 우는 바다〉〈가
던 걸음에 쉼표를 찍고〉 등 공저 다수가 있다

H.P : 019-249-4840

호박꽃의 이름으로

꽃이 핀다고
꽃을 피웠다고
누구도 시선도 묶을 힘은 없습니다

기차가 지나가 버리는 묵정밭 둔덕에서나
토담집 초라한 울타리에서도
달처럼 둥그런 꿈이 영글어가고
절망이 어둠처럼 감싸는 격랑이 밀려와도
거침없이 희망의 넝쿨을 뻗었습니다

꽃이 핀다고
꽃을 피웠다고
누구의 발길도 묶을 힘은 없습니다

(제 몸에 가시를 품고 발칙한 음모를 꿈꾸
는 화려한 장미가 부럽지 않은 이유는)
구석진 그늘을 찾아 슬픔을 사르고
작은 소망을 피워 올리는
소박한 꽃등을 켜는 까닭입니다

장마 13

오오, 안녕하세요? 얄미운 하느님
흐르는 물줄기 꽉 틀어쥐고
그리도 모질게 인색하게 굴더니
지상의 모든 것들
바짝바짝 말려서 생명 줄을 조이더니
오오, 위대하신 하느님
그 연세에 박력도 대단하셔라
그렇게 신속하게
그렇게 완벽하게
그렇게 철저하게
선전포고 생략하고 기습작전을 펴시다니
이처럼 가공할 위력을 발휘하시더니
이승과 저승으로 혈육을 갈라놓고
피땀으로 쌓은 터전 쑥대밭을 만들다니
이렇게 아비규환을 연출해 내시다니
어쩜 연기력도 탁월하셔라
시침 뚝 떼고
저렇게 '쨍' 하게 빛나는 얼굴로
그윽이 세상을 내려다보시는

가을날의 삽화

이곳저곳에서 토해내는 처절한 절규가
함성으로 들리던 날, 바람 편에 지천으로
날아든 부음을 받고 조위를 표하러 간다
오, 산에도 들에도 거리에도
온통 떼 주검들이 널브러져 있엇다
아, 감탄과 경악이 교차한다
정원이 넓은 빨간 벽돌집 문 안에선
한 사내가 주검들을 비질하고
한 여자는 표정 없는 얼굴로 쪼그리고 앉아
성냥을 쓰윽 그어 주검들을 화장한다
 문득 기억 저 편에서 칼라 깃을
꼿꼿이 세운 소녀들이 재잘거리며
깔깔대며 한 편의 주옥같은 시를 생각하며
나뒹구는 주검들만 골라 밟고 지나갔다
아, 그렇구나 저들과 나는 흡사한
지점에 서 있었구나 생명의 덧없음에
허탈해하며 한치의 삶을 예측할 수 없음에
절망한다 곳곳에 설치된 중환자실엔
누렇게 혹은 붉게 신열에 들뜬 환자들의

　비명이 넘쳐난다 왈칵 목구멍까지 솟구쳐
오르는
　피맺힌 설움 한 덩이 뱉어내고, 아직은
　심장이 따뜻한 주검들을 베고 눕는다
　쉬지 않고 내 몸 위로 주검들이 쌓여가고
　우리는 따뜻한 체온을 섞는다

　문득 푸른 하늘이 낯설어 눈을 감는다

봄날의 스케치

햇병아리처럼 귀여운 개나리들이 무리를 지어 해바라기를 하며 노란 주둥이를 내밀고 조잘대는 한 낮, 이제 마악 사춘기에 들어선 진달래가 홍조 띤 얼굴로 방긋 웃는데 혼기가 꽉 찬 목련이 깊은 상념에서 깨어나 벙글 입이 열리는 찰나 세상은 화안한 빛으로 싸여 침묵하고 양지바른 둔덕의 늙은 할미는 꽃이라고 나서기가 겸연쩍어 고개를 들지 못하고 수줍습니다

편 지

아세요?
내가 사랑하는 사람이
나를 가장 외롭게 한다는 걸

내가 얼마나 그로 인해서
아파하는지를 그는 전혀 알지 못 합니다
늘 내게 등만 보이는
그리하여 외로움의 늪에서 허우적대는 나를
그는 전혀 느끼지 못 합니다

아세요?
두 다리로 굳건히 서서
마주보는 견고한 사랑이 아닌
절름발이의 고독하고 가여운 사랑을,

오늘은 봄비가 내려
촉촉이 목마른 대지를 적시고 있습니다
모두들 반기는 이 생명수가 난 밉습니다
저렇게 절정을 이뤄낸 꽃의 얼굴에

그다지도 모질게 경종을 울리다니요

사나운 비바람을 맞으며 파르르 떨고 있는
저 여리디 여린 꽃의 마음을
아세요?

그대들 외로운가?

내 영혼의 눈동자를 바늘로 찔러다오

나는 더 아프게 세상을 보고 싶다

詩는 어차피 피를 닦으려고 꺼낸

손수건 한 장 아닌가!

최　후

충남 서천 한산 출생
83년 「섬광」으로 작품 발표
중앙플러스 편집부장
카피라이터
월간지 프리랜서

H.P : 011-1704-0295

대인 기피증

나는 뱀이 무섭다
대인 기피증이라고,
의사는 조심스럽게 말한다

수락산의 봄

수락산에 와 그녀의 과거를 묻는 것은 철없
는 짓이다
어떻게 그토록 한결같이 아름다우시냐고
감추고 싶은 生의 비탈은
비켜 가는 편이 서로 즐겁다
花煎을 부쳐 팔며 혼자 사는 여자
이른 봄날 와 본 사람은 알고 있다
청상의 소복 입던 불임의 그 해 겨울
가슴 더운 사내 다녀갔는지
발자국 어지럽게 찍어놓더니
수락의 돌 가슴에 젖이 돌기 시작한다
땅을 어질게 밟고 가까이
이마 닿을 듯 이마 닿을 듯
머리 숙여 마시고 나면
봄 햇살도 기다렸다 등을 두드려 준다
수락이 거대한 바위를 내려놓지 못하는 것도
알고 보면 넉넉한 모성 때문이라지
의정부, 남양주, 상계동...
호적에 있는 아이들 이름 다 불러모았다

7호선 올라 타 장암역을 종점에 버리고
팻말처럼 친절한 늙은 소나무에게 길을 물
으면
샴푸 선전하는 광고판 모델 같이
물기 뚝뚝 떨어지는 눈부신 나신을 가리킨다
가만히 마음의 발길 앞서 가는데
석림사 풍경이 무안한 듯
연신 얼굴 돌려가며 헛기침 해대고...
등산화에 묻은 흙을 봄바람에 말리며
기념 사진 한 장 찍으려고 했지만
아직 샤워 중인지, 나무 밑에서 옷을 갈아
입는지
물소리 듣고 있던 봄꽃만 환하다

옳은 손

하루살이 떼들이 젊은 나이에
싹쓸이표 끈끈이에 견고하게 붙어 있다
죽음도 짝을 이루면 외롭지 않은 법이지
찬란한 집착의 공중묘지를 본다.
저 事故死는 망상의 동아줄을 잡은
완강한 오른팔의 힘이었으리
조간 신문이 전생의 사건이었다면
이곳의 치정은 석간에 치장 될 것이다
육즙이라도 빨아먹겠다는 듯
낯 선 사람들이 침대에 달라 붙어있다
담배 연기 때문에 외로워 죽겠어요 눈이 매
운지
형광등이 깜박 깜박 눈을 몇 번 감는다

싹쓸이하겠다는 듯
하늘 구멍을 파고들어선 모텔
엘리베이터 문이 열리고
오른손으로 욕망의 단추를 누른다
손을 내려놓지 못한 마음이

문틈에 꽉 낀 채로 올라가고
허방 속으로 발을 딛는다
발 밑에 출렁 고이는 벼랑의 깊이

발걸음을 떼지 못하는 그대

접鏡

저 노 시인,
언어의 몸을 마음대로 접을 수 있다니
ㄱ, ㄴ, ㄷ, ㄹ, ㅁ 다 써놓고
놀랍다, 마지막엔
자궁으로 들어가는 법을 알고 있다니

나비가 되어

꽃밭에 북한제 웃음이 환하게 피었다
운동장 벤치에 줄 맞추어 피었다
북한 응원단이 손을 흔들 때마다 축구공은
통통통
따라다니며 둥글게 웃었다
어떤 꽃들은 향기 나는 약속이 있는지
아테나 올림픽 현수막을 배경으로
걸어다니면서 재잘대면서
씨앗 같은 추억을 뿌리고 다닌다.
가끔씩 하늘은 먹구름 같은 이야기를
만들어 놓기도 하고 지우기도 하면서
뜻밖의 군무를 조심스레 바라보고 있다
분이 같은 분꽃 옆에
무궁화꽃 냄새로 피어 있고 싶었다
햄버거엔 콜라가 궁합이 맞는다면서
그들의 장고춤에 장단도 맞추면서
내 꽃이름 최상아, 아직도 모르느냐고
이제 외워 갖고 가라고
하얀 문자 메시지

민들레 씨앗처럼 날리고 싶었다
아지랑이 같은 호기심이 피어오르는
꽃들은 봄의 길목을 용케도 알고 있다.
나도 꽃을 마주보며 봄을 알 수 있게
그립거나, 아프거나, 가냘프게 핀 꽃송이들을
집으로 가져와 심어 놓고 싶었다.
곁에 두고 말을 걸고 싶었다.
그렇다면 나비가 되어도 괜찮다고
졸다가 잠깐 생각했다

得道

낙엽이 떨어져 흙에 든다
길을 얻은 셈이다

한지은

가지 않은 길에 대한 향수들이
사소한 삶의 실핏줄마다
가로막고 징징 울어 댑니다.

삶의 동맥경화

나는 흐르고 싶습니다.

그리움은 늘 말하지 않아도 그립습니다.
삭아내린 그리움에도 뿌리는 있어
사소한 실뿌리 하나 봄을 꿈꿉니다.

1970년 전남 구례 출생
서울시립대 건축도시조경학부(건축전공) 졸업
현재 의정부시청 주택과 근무
저서 『지상의 따뜻한 집』 공저

H.P : 011-9049-1215

길가 버려진 의자

- 하나

나를 찾지 못한 날들에 대해
생각했다, 나를 찾지 못하여
너를 잃어버리고
쏘다니는 길거리

허기를 재우던 한 사발의 바람
또는, 새벽 골목길의 헛구역질에 대해
지키지 못 할 결심과
그 스러짐에 대해 생각했다

녹슨 의자 다리가 내 작은
체중 하나 못 이겨 비틀거리는 밤
늦은 귀가길

어떤 숫자의 버스가 와도 난
이 자리를 떠날테지만
버려진 의자를 다시 버릴 것이지만,

이 곳에 남아 오래토록

내가 있던 시간들을 되새김질 하고 있을
내 그림자를 생각하니 쓸쓸했다

가끔 흩뿌리던 비도 그쳤고
막차도 오지 않으니
새로운 허기에 기대어

그만 일어나 볼까, 동전 몇 잎의
짤랑거리는 소음에 귀 기울이며
마음의 정거장을 떠나가 볼까

길가, 버려진 의자
이 불안한 균형을 등 뒤에 두고서

명동, 네거리에서.

- 두울

남산에서 도망쳐 나온 취한
밤공기가 검은 머리를
나부끼는 찬 바람 속으로
숨었다. 우우우 바람의
살점들이 서로의 몸뚱이를
쓰다듬으며 울기 시작했다.

네온 불빛들
핑그르르 쓰러지며
살을 꽂는
명동 네거리에서 어둠이
잠시 망설였다. 서로 살 섞여도 깊이
맺어지지 않는 사람들.

위험 수위의

환락이 눈곱처럼
흐르는 서울의
빈 동공.

얼마나 지나면 편안히
잠들 수 있을까.
돌아갈 곳은 타오르는
목마름 축일 수
있는 곳은 어디에.
지하도 옆 쓰레기통 속으로
얼굴을
처박는 모래바람에.
사람들은 눈을 감은 채
쓰러지듯
땅 속으로
빠져 들어 갔다.

갯말 하늘에서 보름달을 보다
- 세엣, 정월 대보름 강화도에서

갯말 하늘에서 언젠가
너를 생각하며 들떠있을 때
보았던 그 달을 보았다

파닥이며 출렁이는
살찐 달의 머리통에
까만 니 눈섭이 일렁거린다

추억이란 언제나
기억의 눈으로만
만져질 뿐
너와 나의 거리에
늘 바다를 만든다

낙산사 오르던 길

- 넷

너의 손을 잡고 오르던 절 길
옆옆이 낭떠러지였나 기억도 없고
그저 너를 따라 삐거덕거리며
니 맘 길을 부지런히 올랐지

간혹 카세트 스피커로 대신한

회심곡 따위에
콕콕 눈웃음 맞춰가며
니 맘 길의 오선지 하나를
꺼내고 싶었지

침엽수 군데군데 가려진
바다를 앞에 두고
간간히 불어 주는 짠 바람이

목젖을 흔들면
랄랄라 음표를 그리고 싶었지

비릿내 나는 허연 포말의 혀 속으로
몰려 다니는 파도 떼들이
여옥의 '공후'라도
뜯으면,白首狂夫하나
벌컥이며 바닷물 속으로
뛰어들지 않을까 맘 조리며
바라만 보았지

절 집 앞 바다

태종대 연가 2

- 다섯

사람들은 강이나 바다 같은데서
자살을 할 때 가지런히 신들을 벗어 놓고
간다는데, 그래도 이 세상 모퉁이 한 켠에
흔적 하나쯤은 남기고저 하는 마지막 계산
때문일까

태종대 자갈밭엔 바람이 너무 심해 신조차
날아가
버릴 것 같았는지, 아무도 신들을 벗으려

허은주

사랑은 풍요로워라

그,러나,

끝없는 외로움이어라.

한국문인협회 · 한국산악문학 詩山 회원
한국불교문인협회 사무국장, 한국사회불교실천회 부회장
새벽시동인
저서 「사랑이 있는 풍경」

H.P : 018-226-1402

길

너를 만나러 가는 길은
그리 멀지 않았다
그것은
그 길의 길이가 아닌
너를 그리워하는
내 마음의 깊이였다.
그 길에서 만나는 것들은
나의 분신처럼 정겨운 이었다
그래서,
너를 만나러 가는 길은
그리 멀지 않았다.

섬

그 섬에 나의 흔적들을
하나, 둘 떨구고 왔다.
마음의 조각들과
손때가 묻은 소중한 것들

유월의 태양아래
풀꽃반지 속에 숨은 하얀 사랑
오십년 후에나 시들지 몰라
그것이 한 때의 꿈일지라도……

행복이 그런 것일까
섬에서의 평화로운 시간들도
돌아갈 곳이 있으므로
그곳에는 또 다른 나의 사랑들이
기다림이라는 이름으로
머무는 곳!

그 섬에서 진정한 사랑을 알았다
은비늘 반짝이는 물고기의 힘찬

파닥거림이 아닌
잔잔한 수평선처럼
한없이 평화로움 이라는 것!

강가에서

흐르는 것이
어디 너 뿐이랴

인생도 쉬임없이 흘러
해질녘 어둠이 오면
어느 강변에
소리 없이 닿을 텐데

자연스러워서 아름다운
지상의 신이 그려낸
최고의 작품 속에서
살아온 날들이 더 많은 이들과
나누는 술잔에는
정이 강물처럼 넘쳐라

평화로운 수면 위로
저녁햇살 다 끌어안고
황금빛으로 빛나는 그 물결
깊이를 알 수 없지만
영원히 빛나라
빛나라 물결이여!

숲의 노래

밤꽃 향기
한 시절 유난하더니
비 온 뒤
맑게 얼굴 씻고
촉촉한 가슴으로
음악 소리 듣고 있다
낯설은 이여!
그대는 누구인가?
귀에 익은 노래를
푸른 숲에 가득 채우는
그대는 누구인가?
먼 기억이 되 돌아와
은빛 반짝임으로
눈부신 여름 숲!

사랑이 있는 풍경

사랑은 풍요로워라
그러나
한없는 외로움이어라
이제야 알았네
어느새 잔물결처럼 젖어들어
일상처럼
내 안에 살고 있는 그대여
푸른빛으로 출렁이며
나의 아침을
눈부시게 깨우는 그대여!

그래도 나는 가리다
전생前生이 바람인 바람을 따라
저문 강을 건너 저문 강으로 가리라
풀잡멩이가 설법을 하는 나라
사랑이 넘치는 나라로 가리라

홍 원 기

1956년 전남 신안 출생
조선대학교 졸업, 현재 서울에서 교사로 재직 중
1993년 『시세계』 신인상으로 등단
1995년 시집 『산다는 것은』 출간, 1998년 제13회 경기도문학상 수상
한국문인협회 회원, 새벽시 동인

TEL : 02-954-9141

월정사 가는 길

나를 바라보지 말라
마음은 넓은데 너그러움이 적고
욕심은 없는데 재물은 많다
나를 부르지 말라
마음은 흘러도 정은 흐르지 않고
꽃이 피어도 향기를 맡을 수 없다
사랑을 해도 가득하지 않고
걸어가는 길도 보이지 않는다

그래도 나는 가리다
전생前生이 바람인 바람을 따라
저문 강을 건너 저문 강으로 가리라
풀잡멩이가 설법을 하는 나라
사랑이 넘치는 나라로 가리라

애당초 여기는 구언되어 잇거늘
그것을 깨닫는데 평생이 걸린다
나를 잡으려고 하지를 말라

늦가을 편지

구름이 흘러가 그 구름 보이지 않고
쓰러지는 바람 따라
사람들 제 갈길 재촉하며
옷깃여미는 늦가을 오후
어쩌면 나무도
저렇게 의연히도 낙엽을 털을까

버릴수록 아름답다지
땅은 모든 걸 받아
눈물 깊숙이 움츠러들고
마르지 않는 세월, 걸어온 길 되돌아보면
벗어나야 할 허물이 주렁주렁한데
난 지금도
움켜진 손 펴지 못하는구나

참 부끄럽다 사랑하는 사람아
땀방울로 흐르는 강 외면한 채
시들어진 가슴으로 보낸 여름마저도
사실은 나, 이 시려운 계절에

씻을 수 없는 몸을 씻으려
성큼 다가 선 겨울의 벽을 허물고
어디론지 떠나고 싶구나
너에게 다가갈 수 없도록 좀 더 멀리
꽃 피고 새가 날을
머언 훗날의 봄까지는……

홍도 가는 길

어디가 섬이고 어디까지 바다인가
파도처럼 흐르며 부서지고 싶었거니
물을 갈아 만든 비수로 나를 쳐다오
마르지 않는 피로 그대 눈과 몸을 닦으리라
어디가 섬이고 어디까지 사랑인가
내 부서지고 부서져
피같이 흐르는 저승 바다에 이르러
그대를 위해 배를 띄우리
흐르는 수백 개의 길이 있으려니
내 천개의 몸을 태워 밝히리라
부서지는 건 파도가 아니라 사랑이거늘

눈 오는 날

밝은 것은
밝은 만큼의 그늘을 갖는다는 말은
사실이다
소중한 것은
소중한 만큼의 슬픔을 갖는다는 말은
사실이다
사랑은 헤어져야 아름다울 수 있고
아름다운 것은
아름다움만큼의 눈물을 갖는다는 말은
사실이다
눈 오는 날
사랑보다 이별이 어려운 날
사랑은 죄가 되고
하나이지 못한 사랑은 의미가 없어
사랑이 끝나기 전에 눈물로 떠난다

설악산에서

왜 그랬을까
내 허물은 보지 않고
산을 보는데 열중했을까
산을 오르며 산을 찾고
산 속의 산에서 희열을 느꼈을까
꿰맬 수 없는 고뇌를 풀으며
나의 무게와 산의 중량을 서둘러
비교하고 말았을까
버리는 것이 사랑이며
많이 버릴수록 남을 사랑할 수
있다는 것을 왜 몰랐을까
사람은 사랑할 때 사람이라는 것을
사람이 산이 될 수 있고
산이 바다가 될 수 있다는 것을
왜 몰랐을까

책상머리에서 쓰여 지는 시(詩)는
시(詩)가 아니라는 사실이
점점 더 아프게 다가선다.

한꺼번에 떨어져 내리는
저 은행잎처럼
한 순간이나마
그렇게 찬란한 계절을 살아낼 순 없을까?

부끄러운 줄도 모르고
밤새워 노래하는
나는

저 귀뚜라미만도 못한
거짓말쟁이다.

홍 정 덕

시조시인, 한북대학교 향토문화연구실장, 의정부문화원 향토문화연구소장,
국사편찬위원회사료조사위원, 경기향토사학회 연구위원,
한북사학회 연구위원 겸 간사, 의정부시 지명위원.

H.P : 011-440-3917

한 여름

저기
저
능소화 좀
봐
독기 오른
저
눈빛을

비우고
또 다시
비워
텅
텅
빈
마음 안에

한 모금
졸음 대로

졸여진
저
쓰디 쓴
그리움
좀
봐

산동기행 8

– 제도(齊都)호텔

이국(異國) 당
낯 선 여숙(旅宿)에
덩그라니
날
뉘어 놓고

이 밤은
저 혼자서
쓸쓸히
깊어 갑니다

달 같은
그리움 하나를
내
머리맡에
밝혀
놓은 채

산동기행 11

- 고속도로 휴게소, 능금

웨이 팡
휴게소에서
한 바구니
능금을 삽니다

가슴 깊이
스며오는
그날의
네 가쁜 숨결

하늘엔
온통 질펀히
노을이
번집니다

부부(夫婦)

– 아내의 흰 머리

삶은
결국
손수레를 끌고
함께 가는
외줄기
길

나
앞서고
그대 밀며
모퉁이에
앉아 쉬며

어느새
여기를 지나네
노을
번지는
이
내리막
길

폭우, 진종일 내리는

이렇게
울던 날들이
한때
내게
있었지

이제야
가슴이 저린
헤어짐의
그
의미들

여전히
네가 있구나
저 뜰
모퉁이에
네가
있구나

빈 집

여기엔
아직도
무리 무리
과꽃이
피고

그 꽃 무더기
한 가운데
눈 빛 맑은
네가
섰네

헐어도
아무리 헐어도
그저
여전한
이
빈 집

일본기행 17

- 벳부 온천

피 지옥(地獄)
바다 지옥(地獄)
거기 다시
산(山) 지옥(地獄)

컥컥
토해내는
가슴 속
저 열기들

모두들
그렇게 사나봐
가슴 깊이
숯불을
담고

일본기행 25

- 아소산, 그 질펀한 갈대밭

예와 살면
아소산에 살면
나도
수척한
갈대가 될까?

세상사
복잡한 날들
산 아래
죄다
버리고

그리움
그 하나만으로
간절한
저
갈대가 될까?

새벽시 동인 제10집

秋 月

초판 인쇄　2004년 12월 20일
초판 발행　2004년 12월 22일

지 은 이　새벽시 동인
펴 낸 이　권혁상
펴 낸 곳　시지시
등　　록　제2002-8호(2002.2.22)
주　　소　㉾411-837 고양시 일산구 장항2동 749.
　　　　　코오롱레이크 폴리스Ⅱ A동 419호
전　　화　(031)812-5221
팩　　스　(031)812-5121
사 이 트　http://www.sijisi.com
이 메 일　sijisi@sijisi.com
　　　　　sigaek@korea.com

값 6,000원

ⓒ 새벽시, 2004
ISBN 89-91029-07-8 03810

* 이 시집 제작비에는 의정부시로부터 지원 받은 문화예술분야
　시비보조금(문화공보담당관실)이 포함되어 있습니다.